시詩로 쓴 시론詩論

거미의 집짓기

머리말

　피천득은 「수필」이라는 수필로 '수필론'을 썼다면, 윤오영은 「양잠설」이라는 수필로 '문장론'을 썼다고 할 수 있겠습니다. 그리고 미당 서정주 시인도 「시론」이라는 제목의 시로 '시론'을 쓰셨습니다.

　저 역시 시로써 「시론(詩論)」을 쓴 셈입니다. 시로써 64편의 시론을 썼고, 시 창작에 도움이 될 것으로 여겨지는 16편의 시에 '시작 노트'를 달았습니다. 그래서 모두 80편의 시를 전편과 후편으로 나누어 실었습니다.

　이 책이 시의 본령(本領)에서 이탈하거나 거리가 멀어 보이는 안개 속에서 제 길을 찾아가는 데 나침반이 되어주면 다행이겠습니다.

　독자의 이해를 위하여 평설을 얹어주신 이경철 문학평론가에게 심심한 사의를 표하고, 이 탄생의 보람을 문학가족과 함께 자축하고자 합니다.

단제기원(檀帝紀元) 4354년(서력기원 2021년) 초여름
　　　　　용마산방(龍馬山房)에서

　　　　황송문(黃松文) 적음

차 례

머리말

■ **전편(前篇)**

시론詩論 **1** - 용수에서 떠낸 술   2

시론詩論 **2** - 도토리묵   4

시론詩論 **3** - 토속의 시   5

시론詩論 **4** - 빈 바랑   6

시론詩論 **5** - 뜨는 연습   7

시론詩論 **6** - 물   8

시론詩論 **7** - 사금砂金   9

시론詩論 **8** - 소재   10

시론詩論 **9** - 감질나게   11

시론詩論 **10** - 지게 감   12

시론詩論 **11** - 우렁이   13

시론詩論 **12** - 밀주 이야기   14

시론詩論 **13** - 양파 까기   16

시론詩論 **14** - 거미의 집짓기   17

시론詩論 **15** - 제재題材   18

시론詩論 **16** - 버리기   19

시론詩論 **17** - 시를 쓰는 일은   20

시론詩論 **18** - 마음 넓히기   21

시론詩論 **19** - 신변잡사   22

시론詩論 **20** - 시의 사랑   24

시론詩論 **21** - 서정시와 산문시   26

시론詩論 **22** - 레슨받기   27

시론詩論 **23** - 등기하는 일   28

시론詩論 24 - 시경 관저　　　　　　　29

시론詩論 25 - 농심農心　　　　　　　30

시론詩論 26 - 토종닭　　　　　　　　31

시론詩論 27 - 삼상시三上詩　　　　　32

시론詩論 28 - 꿈나라 집짓기　　　　　33

시론詩論 29 - 산행山行　　　　　　　34

시론詩論 30 - 생수生水　　　　　　　35

시론詩論 31 - 양잠설　　　　　　　　36

시론詩論 32 - 산기山氣　　　　　　　37

시론詩論 33 - 점안點眼　　　　　　　38

시론詩論 34 - 누에고치　　　　　　　39

시론詩論 35 - 기초체력　　　　　　　40

시론詩論 36 - 시와 소설　　　　　　　41

시론詩論 37 - 단거리 릴레이　　　　　42

시론詩論 38 - 토란잎처럼　　　　　　43

시론詩論 39 - 조약돌처럼　　　　　　44

시론詩論 40 - 농부처럼　　　　　　　45

시론詩論 41 - 허준許浚처럼　　　　　46

시론詩論 42 - 과잉된 의식　　　　　　47

시론詩論 43 - 두부 만들기　　　　　　48

시론詩論 44 - 메주와 소금　　　　　　49

시론詩論 45 - 사무사思無邪　　　　　50

시론詩論 46 - 장르와 관련하여　　　　51

시론詩論 47 - 고래와 연어　　　　　　53

시론詩論 48 - 정박, 로프 걸기　　　　54

시론詩論 49 - 악구惡口　　　　　　　55

시론詩論 50 - 씨앗說　　　　　　　　56

시론詩論 51 - 공기空氣　　　　　　　58

시론詩論 52 - 상식 깨뜨리기　　　　　60

시론詩論 53 - 두부 만들기　　　　　　61

시론詩論 54 - 기다리기　　　　　　　63

시론詩論 55 - 어쩐지　　　　　　　　64

시론詩論 56 - 컬러 필름　　　　　　　65

시론詩論 57 - 심화深化　　　　　　　66

시론詩論 58 - 산시山詩　　　　　　　67

시론詩論 59 - 이미지　　　　　　　　68

시론詩論 60 - 기름 냄새　　　　　　　69

시론詩論 61 - 혜능慧能 닮기　　　　　70

시론詩論 62 - 예수 닮기　　　　　　　71

시론詩論 63 - 저만치　　　　　　　　72

시론詩論 64 - 종자 고르기　　　　　　73

■ 후편(後篇)

까치밥　　　　　　　　　　　　　76

샘도랑집 바우　　　　　　　　　78

보리를 밟으면서　　　　　　　　81

시래깃국　　　　　　　　　　　83

돌　　　　　　　　　　　　　　85

섣달　　　　　　　　　　　　　86

자운영紫雲英　　　　　　　　　87

선禪　　　　　　　　　　　　　89

아름다운 것　　　　　　　　　　90

간장　　　　　　　　　　　　　92

달　　　　　　　　　　　　　　94

하지감자　　　　　　　　　　　96

선운사 단풍　　　　　　　　　　98

참말 - 봄이 오면 산에 들에　　　100

사막을 거쳐 왔더니　　　　　　102

선풍禪風　　　　　　　　　　　104

▎작품 해설 ▎

반세기 시 쓰기와 시론을 시로 정제한 시 창작 교과서 - 이경철

108

전편(前篇)

용수에서 떠낸 술

시를 쓰기 전에
인생을 정서하라.

가슴에 괸 술을
곱게 떠내어라.

성급하게
쥐어짜는 악주(惡酒)일랑
아예 꿈도 꾸지 말라.

시는
썩는 의식의 항아리에
용수를 질러놓고
기다리는 사상.

인생이 익을 때까지
기다리며 참는
꽃술의 아픔이다.

떫은 언어가
익느라고
썩는 동안엔
남모르는 눈물도 흘려야 하느니라.

속을 썩여서
단맛으로 우려내는
내밀(內密)의 결정(結晶).

꽃답게 익은 술,
정겹게 괸 술을
곱게 떠내어라.

도토리묵

높은 산의
경험의 나무숲과

깊은 골의
인식의 물소리 찾아 헤매며

주워온 도토리 옹배기에 붓고
바위틈의 맑은 물 남실남실
잠재우는 일월(日月)로
떫은 언어를 우려낸다.

우려내면 우려낼수록
맑아지는 정신,
혼신의 열을 가한다.

창조의 질서를 찾아
열을 가하고
열을 식히면
오롯하게 어리는
산향(山香)의 묵,

시어(詩語)를 퍼 담은
심상(心象)의 옹배기에
도토리묵만 오롯하게 어린다.

토속의 시

마음 편한 식물성 바가지 같은 시
단기를 쓰던 달밤 교교한 음력의 시
사랑방 천장에선 메주가 뜨던
그 퀴퀴한 토속(土俗)의 시를 쓰고 싶다.

인정이 많은 이웃들의 모닥불 같은 시
해질녘 초가지붕의 박꽃 같은 시
마당의 멍석 가에 모깃불 피우던
그 포르스름한 실연기 같은 시를 쓰고 싶다.

겨울엔 춥고 여름엔 머리 벗겨지는
빨강 페인트의 슬레이트 지붕은 말고,
나일론 끝에 목을 맨 플라스틱 바가지는 말고,
뚝배기의 숭늉 내음 안개로 피는
정겨운 시, 푸짐한 시, 편안한 시,
더운 김이 모락모락 피어오르는
고구마 한 소쿠리씩의 시를 쓰고 싶다.

고추잠자리 노을 속으로 빨려드는 시,
저녁연기 얇게 깔리는 꿈속의 시,
어스름 토담 고샅길 돌아갈 때의
멸치 넣고 끓임직한 은근한 시,
그 시래깃국 냄새 나는 시를 쓰고 싶다.

빈 바랑

처음에는
배낭 가득히 돌을 주워왔다.

그러나
그 돌이 쓸모없음을 알게 되었다.

날이 갈수록
배낭의 무게가 가벼워졌다.

그러다가
배낭이 바랑이 된 뒤부터는
빈 바랑만 돌아오는 세월이 늘었다.

빈 배에 바람만 채워서 돌아오듯
빈 바랑에 채워온 바람은
그물에 걸리지 않는 바람,

하늘을 가리다가도
한 주먹에 들어온 종이에
하늘을 담아 넣고 새긴 시

바랑이 빌수록 채워지는 시
달에서 가져온 월석(月石) 하나……

청천일장지(靑天一張紙)
사아복중시(寫我腹中詩)……

뜨는 연습

서울에 비가 오면
비 오는 세상인 줄 알지만,

활주로에서 이륙하게 되면
햇빛이 쨍쨍,
발아래 맑은 하늘 밑
흰 구름바다가 펼쳐진다.

산문으로는 비가 오는데,
시로는 햇살이 쨍쨍하다.

맹렬한 힘을 축적한 끝에
비행기가 떠야 하듯이
시어(詩語)는 긴축정책으로
치열한 구조조정으로
하늘 높이 떠가야 하느니라.

물

물을 가리켜 H_2O라 하지만
물이면 다 물인 줄 아느냐.

콘돔 썩는 한강 물도 물이고
페놀 썩는 낙동강 물도 물이거니와

아무리 벌컥벌컥 들이켜도
건강하기만 한 우물물도 있거니와
바위틈에 생수 솟는 약수가 있듯이,

온갖 잡것들 가운데
백금반지에 다이아몬드 빛나듯이
언어 가운데 시어(詩語)로 빛나야 하느니라.

사금砂金

산문시를 쓰려거든
사금(砂金)부터 배워야 하느니라.

강변의 모래밭이라고 해서
다 같은 모래밭이 아니니라.

모래알 한 알 한 알이 모여
백사장을 이루듯이
낱말 하나하나 모여 시가 되는 가운데
사금(砂金) 같은 시어(詩語)가 반짝여야 하느니라.

사금이 없는 모래밭은
돌이 씹히는 모래 밥처럼
메마를 수밖에 없느니라.

소재

국수는 밀가루로 만들고
국시는 밀가리로 만든다고
말장난이나 하지 말고
귀 있는 자는 들으십시오.

팥빵 하나에도 이치가 있나니
눈 있는 이는 보십시오.

팥고물을 감싸야 하는
밀가루 반죽이 많아야 하는가.
팥고물이 더 많아야 하는가.

上下에 물과 불이 있고
그 사이에 솥이 없다면
빵이 되겠는가.

집을 짓는 데에도
모래와 시멘트와 물,
그리고 철근이 있어야 하듯이
생각의 벽돌과 유리
결이 고운 나무가 있어야 하듯
다양한 소재가 어울려야 하느니라.

감질나게

엿장수 가위 소리 고샅을 울리면
코흘리개 조무래기들 부리나케 몰려갔다.

들키면 매타작에 삼수갑산을 갈망정
넘어가는 군침을 참을 길이 없었다.

그러나 엿장수는
공기 넣고 부푼 엿을 코딱지만큼 떼어주면서
고무신짝 떨어진 것, 삼베걸레 떨어진 것,
놋쇠 그릇, 주전자, 세숫대야 등을 가져오라고
입이 비틀어지게 먹고 남을 만큼 주겠다 하면서도

엿은
입이 감질나게 코딱지만큼 떼어준다는 사실,
그게 시의 모호성을 살려내느니라.

먹을 만큼 주면 낚시 밥만 잃는다고
그저 감질나게 못 견디게
눈곱만큼 떼어준 엿이
값나가는 놋그릇까지 들고 오게 하느니라.

지게 감

숲속에서 나무를 찾는다.
나무 사이에서 지게 감을 고른다.

하늘로 뻗어 나가는
줄기와 가지를
스케이팅 왈츠의 몸짓
남녀가 서로 허리를 사로잡고
약간 쳐들린 얼굴로
지게 감을 눈여겨본다.

줄기와 가지
음양으로 짝을 맞추는
절묘한 합궁을 궁리하고
한 틀의 지게를 완성한다.

우렁이

우렁이는 어미의
속살을 파먹고 태어난다.

어미의 생활을 파먹고 태어난다.
어미의 아픔을 파먹고 태어난다.
어미의 슬픔을 파먹고 태어난다.

어미가 가벼워져서
물 위에 둥둥 떠내려갈 때,
진주는 눈을 반짝이며 자라난다.

밀주 이야기

어른들은 논밭에 가시고
심심해진 조무래기들은
어른들 가지고 놀던 화투를 쳤다.

꽃들의 싸움,
민화투놀음에서는
비광이 최고라지만
비풍초(雨楓草) 단약(丹藥)보다는
청단 홍단이 한 수 위고
최고 연봉 칠띠 보다는
팔싸리가 왕이니라.

뱃속이 꼬르륵하면 시를 쓰듯이
물어들일 게 없을 때 팔싸리를 넘본다.

돈은 못 벌어도 시를 쓰듯이
시인은 추억에 배고프지 않다.

온돌방 윗목에 이불 쓰고 숨어있는
술독에 고인 농주를 떠 마시고
취하여 마루에서 잠을 자다
깨어나면 뻐꾸기가 울었다.

앞산에서도 뻐꾹
뒷산에서도 뻑뻑꾹

나의 풍신난 시에서처럼
아침에 우는 새는 배가 고파 울고
저녁에 우는 새는 임이 그리워 울었다.

양파 까기

겉껍질을 까면
버려서는 안 되는
껍질이 또 나온다.

껍질을 까 들어가면
삼겹살 오겹살 같은 껍질이 또 나온다.

맛있는 부위일수록
살과 비계가 섞여 있듯이
내용으로 들어가면
속살과 겉살이 둘이 아니다.

까고 까고 또 까 들어가면
계속 나오는 양파처럼
시어(詩語)는 까 들어갈수록
재미가 쏠쏠 깨를 볶는다.

행(行)이 모여서 연(聯)이 되고
연이 모여서 시(詩)가 되는
새로운 낯설기와 온고지신
마지막 알맹이에 손을 멈춘다.

거미의 집짓기

구상단계에서
한동안 관망하던 거미가
수직으로 내려오고 있다.

구성단계에서
다시 기어오르다가
바람을 타고 내려오면서
사선(斜線)을 긋고 다시 오른다.

수직과 수평,
사선과 사선에서 원형을 이루며
소리 없이 언어의 집을 짓는다.

생각을 꼼지락거리면서
원형회전운동을 한다.

원형의 생각과
생각의 원형을……

제재題材

숲은 원시의 도시인가.
Y로 싹이 나다가
임립(林立)한 자연의 저잣거리에
새로운 문명의 시가 탄생한다.

이는 마치
지게를 만드는 사람이
무성한 YY들의 숲속에서
yy나무를 발견한 것처럼
시의 주제에 어울리는 제재(題材)를 찾는다.

태초에 말씀이 계셨듯이
Y와 Y 이전부터
시인의 마음 항아리 속에
y와 Y가 살고 있었다.

바둑판에서 위성들 도킹하듯이
첫날밤 혼야(婚夜)에
시를 잉태하게 되었다.

파블로 네루다의 농부처럼
하얀 언덕, 검푸른 골짜기
생명의 샘이 솟는
시원의 숲속을 헤매던 끝에.

버리기

글을 쓰려면
마음부터 비워야 하느니라.

잡초처럼 자라나는 탐진치(貪瞋痴)
독초부터 뽑아야 하느니라.

정돈된 생각으로
마음이 잡힐 때까지
버리며 살아가야 하느니라.

글을 쓰려거든
욕심을 부리지 말고
마음 밭부터 가꿔야 하느니라.

세상 것 다 버리고
예수 따른 제자처럼

시를 쓰는 일은

시를 쓰는 일은
인생을 등기하는 일이다.

시를 쓰는 시간은
순간을 영원에 등기하는 시간이다.

눈 깜짝할 사이의
시간과 공간……

순간을 영원히
티끌은 우주에
공손하게 등기하는 일이다.

등기권리증이 소용없는
형이상학적 등기
촛불처럼 피었다 사라지면서
밝히고 사라진 빛과 그림자
이승에서 저승까지 등기하는 일이다

마음 넓히기

그윽한 눈으로
하늘을 보고 바다를 보자.

애천(愛天)의 눈으로 하늘을 보고
애인(愛人)의 눈으로 바다를 보자.

새벽마다
맑은 물을 길어오시던 어머니처럼
투명한 하늘을 머리에 이고
시냇물을 사모하는 어린양같이
하늘나라 말씀을 풀어쓰자.

저녁이면
가슴을 열고 젖을 물리는 어머니처럼
푸른 바다를 가슴에 열고
대불(大佛)처럼 미소 짓는 모습으로
하늘을 보고 세상을 보자.

마음을 넓히기 위하여
그윽한 눈으로 세상을 보되
하늘같이 바다같이 바라보기로 하자.

신변잡사

기운 빠진 내자의 청을 듣고
무를 자르다가
머리 부분을 잘라서 접시에 담았다.

접시에 물을 붓고
창가에 모셔드렸더니
우리 집안에 경사가 났다.

아침 점심 저녁뿐 아니라
밤이나 낮이나 수시로 보게 되고
커피를 타 마시다가도
연인 바라보듯 그윽이 바라본다.

하마터면 예선에서 떨어져
탈락할 뻔한 원고가
최종심사위원의 눈에 띄어
최우수당선작으로 뽑히듯이,

우리 집 접싯물 무잎 식구는
음식쓰레기통에 갈뻔했다가
구사일생으로 살아온 효녀 심청
연꽃에서 피어난 왕비가 되었네.

끝까지 살지 않고는 알 수 없는 인생
벙어리 삼룡이처럼
무잎 마님에게서 한 수 배웠네.

시의 사랑

시를 쓰려거든
시를 사랑해야 하느니라.

좋은 시를 쓰려거든
죽도록 사랑해야 하느니라.

자나 깨나, 앉으나 서나,
시를 사랑하지 않으면서
시와 함께 살겠다는 것은
새빨간 거짓말이다.

그것은
시와의 결혼이 아니라
터무니없는 욕심이니라.

시가 그리워서
시가 보고 싶어서
시가 읽고 싶어서
잠 못 이루는 밤이 많아야 하고,
시가 배고파서
언제나 시를 먹고 마셔야 하느니라.

하루 이틀 사흘……

시를 만나지 않고도
멀쩡한 사람은
시를 허영으로 넘보는 거간꾼,
고등 사기꾼이라 하느니라.

서정시와 산문시

자초지종이 확실하고
기승전결이 선명하여
행(行)이 모여서 연(聯)이 되고
연이 모여서 시(詩)가 되는
서정시는 로스구이
두부모처럼 반듯해야지

리듬도 균형도 소용없는
산문시는 불고기
걸레처럼 찢어발겨도
시가 되지만
시격(詩格)은 아무래도 떨어지겠지.

청주(淸酒)를 빼고 남은
탁주(濁酒)처럼……

레슨받기

태권도 형을 익히듯
시어의 레슨을 받아야 하느니라.

피아노 레슨을 받듯이
아름다운 시어를 익혀야 하느니라.

첨삭하라 하면 첨삭하고
수정하라 하면 수정하고
버리라 하면 버려야 하느니라.

마음을 담뿍 먹고
피아노 건반을 두드리듯
언어의 빛깔을 찾아야 하느니라.

등기하는 일

시를 쓰는 일은
인생을 등기하는 일이다.

시를 쓰는 시간은
순간을 영원에 등기하는 시간이다.

눈 깜짝할 사이의
시간과 공간……

순간을 영원히
티끌을 우주에
겸허하게 등기하는 일이다.

등기권리증도 소용없는
형이상학적 등기,
촛불처럼 피었다 사라지면서
밝히고 사라진 빛과 그림자
이승에서 저승까지 등기하는 일이다.

시경 관저

은애하는 새 한 쌍이
호숫가에 나란히 내려앉는다.

택시에서 내린 신혼부부가
호텔로 나란히 들어간다.

한 쌍의 새가 날아가듯
남녀가 나란히 올라간다.

엘리베이터를 타고
하늘 절반쯤 올라가서
오작교(烏鵲橋) 대신 더블 침대
구름에서 두둥실 출렁이리라.

철근과 시멘트
까마귀 떼처럼 받쳐주는 가운데
거울 벽이 파도치는 가운데
남녀가 구름 속에서 출렁이리라.

농심農心

안과 병원을 나오면서
아버지 눈을 생각했다.

논에서 잡초를 제거하다가
벼 잎 끝에 눈을 찔린 아버지는
병원에 가지 못하고
어머니 무릎에 누워서
떨구는 젖 방울을 눈으로 받으셨다.

어머니의 젖이 안약인가.
핏발이 줄어든다고
그 짓을 되풀이하셨다.

농심도 시심과 다르지 않다고
한평생 전범(典範)으로 삼았다.

토종닭

밤이나 낮이나 전등불 아래서
무정란을 생산하는 닭 같은
그런 시인이 되지 말아라.

차라리 시골에서
거름 자리 후벼 벌레도 잡아먹고
풀도 뜯어 먹고 꽃도 따먹고
튼실한 병아리로 깨이는
알을 낳는 조선 토종닭 같은
그런 시인이 되어야 하느니라.

병아리가 자라서
새신랑 신행길 잔칫상에 오르는
그런 맛좋고 영양가 높은
명시를 생산해야 하느니라.

삼상시三上詩

비가 오시는 날이나
눈이 오시는 날이면
민가(民家)에서는 공치는 날이지만
절간에서는 하안거나 동안거(冬安居)로 통하더라.

오도 가도 못하고
산사(山寺)에 갇힌 스님들은
제각기 자기만큼 측상(廁上)의 시를 배설하더라.

불목하니 하승(下僧)은
아침부터 화로를 끌어안고
콩을 볶아먹을까 고구마를 구워 먹을까.
이 궁리 저 궁리 잔머리를 굴리더라.

중승(中僧)은 설경을 바라보며
아름다움에 도취하여
침상(枕上)에서 사색의 시를 쓰더라.

고승(高僧)께서는
면벽(面壁) 가부좌(跏趺坐)로
바람 한 점 미동도 없이
눈을 감은 채 천리 밖을 내다보며
소를 타고 가면서 관조의 시를 쓰더라.

꿈나라 집짓기

콜럼버스가 달걀을 깨뜨려 세웠듯이
시는 상식을 깨뜨려야 하느니라.

콜럼버스가 아메리카를 발견했듯이
시는 새로운 제재(題材)를 찾아야 하느니라.

시는
상식을 깨뜨리고
당위(當爲)를 깨뜨려서
사실 이상의 이상을 꿈꾸는
꿈나라 집짓기,

창조 새의 상상으로
소리와 무지개를 붙들고
나누고 합치며 바꾸어서
다이아몬드 보석 반지를 만드느니라.

산행山行

시를 알려거든 산으로 가라.

구례 화엄사 오솔길에서 출발하여
노고단으로 오르고
천왕봉으로 가는 등산길에는
내려가는 협곡도 굽이굽이
참을성 있게 오르내려야 하느니라.

너무 빠르지도 않고
너무 느리지도 않고
평삼심 보폭대로 걸어가되
음지의 단풍도 눈여겨보고
가랑비도 맞아본 뒤에
쫘악 내리는 햇볕도 쪼여야 하느니라.

그늘진 단풍이 왜 아름다운지
딱따구리가 박달나무를 쪼아서 파고
그 속에 집을 짓고 살아도
뱀이 똬리를 틀고 살아도
말없이 포용하는 너그러운 산의 품 같은
부성애(父性愛)를 배워야 하느니라.

왜 하느님 아버지라고 하는 줄 아느냐.
시를 쓰려거든 지리산을 올라야 하느니라.

생수生水

시골에서 이른 아침
깔(풀) 한 망태 베어다 부려놓고
아침 일 나가듯이,

도시에서 해가 한 뼘쯤 올라올 때
약수 한 배낭 떠다 놓고
쉬엄쉬엄 출타한다.

약수는
용마산 깔딱 고개 넘어
세심 약수터
삼다수 물병 세 개에 담아서
식탁에 부려놓으면
뒤주에 쌀 채우듯이 넉넉하다.

넉넉한 것은
가난해도 푸짐한 시
바위틈에서 생수 나오듯이
가슴속에 스몄다가 나오는 시
산인(山人)의 산 냄새 스민 시를
아로새겨야 하느니라.

양잠설

누에가 양질의 뽕잎을 많이 먹듯이
좋은 책을 많이 읽어야 하느니라.

누에가 머리를 세우고 잠을 자듯이
선(禪)에 들어 명상해야 하느니라.

누에가 명주실을 뽑기 전에
체내의 오물을 배설하고
투명한 상태로 거듭나듯이
사무사(思無邪)에 들어야 하느니라.

건강한 누에가 비단 실을 뽑듯이
건전한 정신의 개성이 아니고는
특급품 명주 비단 실을 뽑아낼 수 없느니라.

산기山氣

산에 오를 때는
빈 배낭으로 올라도
그렇게 팍팍할 수가 없었는데,

약수 한 짐 지고 내려올 때는
새처럼 훨훨훨 날듯이 내려온다.

산기(山氣)는 불로기(不老氣)인가.
불로초보다도 영험한가.

산기는 시의 정신
꽃과 바람과 햇빛의 미소
산의 진초록으로 시를 잉태하게 한다.

점안點眼

만다라를 살려내려면
점안(點眼)을 해야 하느니라.

깨달음을 얻기 위하여
증험(證驗)한 그림을 얻기 위하여
여러 가지 빛깔로 채색을 하면서

미묘한 여러 색색으로
마음의 문을 열어
열락(悅樂)의 눈을 뜨게 하려면

하늘 닮은 눈에
생기를 불어넣는
혼의 정기
눈동자를 그려 넣어야 하느니라.

하늘로 향하는 눈동자 없이는
만다라를 볼 수는 없느니라.

누에고치

뽕잎을 갉아 먹고 나면
사색의 잠으로 빠져든다.

넉 잠을 자고 나면
기잠(起蠶)으로 변화한다.

머리는 하늘로 쳐들고
눈은 심연에 내려감은 채
마지막 사무사(思無邪) 똥을 눈 다음
머리 흔들어
양질의 비단 집을 짓는다.

머리 휘둘러 실을 늘여 휘감는
원형 회전운동에서
흰빛 비단 실이 살아나고
달무리 신화에 시상(詩想)이 떠오른다.

기초체력

좋은 시, 훌륭한 시를 쓰려거든
히딩크를 배워야 하느니라.

그는 한국에 오자마자
기초체력부터 단련시켰느니라.

한 시간, 두 시간 빠르게 뛰지 못하면
축구를 할 수 없는 것처럼
사람다운 사람이 되지 못하면
시를 제대로 쓸 수 없느니라.

시의 기초체력을 위해서는
종교적 상상력이라든지
철학적 인식, 역사의식 등등
양질의 영양분을 섭취하고
맹렬히 뛰어야 하느니라.

시와 소설

소설은 욕설을 퍼부어도 작품이 되지만
시는 작품이 될 수 없느니라.

시에 욕설을 심는다면
벌어지다 만 밤송이처럼
쭈구렁 밤송이로 전락하느니라.

소설가가 성공하면 문호(文豪)가 되고
시인이 성공하면 시성(詩聖)이 되느니라.

단거리 릴레이

소설이 42.195km를 뛰어야하는
장거리 마라톤 경주라면,

수필은 고궁 뜰을
품위 있게 거니는
왕비나 공주, 궁녀들의
품위 있는 산책로라면,

시는 100m 거리를
10초 내외로 치열하게 달리는
단거리 릴레이로 비유한다.

시인은 수필가처럼
벤치에서 한가롭게 쉬어갈 수 없고
소설가처럼 물을 받아 마시거나
땀을 닦을 수도, 뒤돌아볼 수도 없느니라.

오로지 앞을 향하여
한걸음 한 걸음 정확히 가야 하느니라.

토란잎처럼

누가 뭐라고 말하든
시심(詩心)을 잃지 않는 길은
속진(俗塵)에 때 묻지 않는 길이니라.

비를 맞아도
빗물에 젖지 않는 토란잎처럼
세속(世俗)에 물들지 않아야 하느니라.

밤새도록 비를 맞아도
도무지 젖지 않은 채 고스란히
아침 해 떠오르면
마중 나가는 토란잎처럼 살듯이,

아무리 어려워도
토란잎처럼 시를 써야 하느니라.

조약돌처럼

좋은 시를 쓰려거든
인연을 중시(重視)해야 하느니라.

해변의 조약돌들도
물결 인연이 없었다면
조약돌이 될 수 없느니라.

태양과의 인연에서 비롯된
밀물과 썰물
바닷물이 들고 날 때마다
부딪치고 깨어지는 아픔이 없이는
조약돌이 될 수 없듯이,

속임과 배신을 당할 때마다
원망을 감사로 바꾸고
열락(悅樂)의 시를 써야 하느니라.

농부처럼

일 년 농사계획을 봄에 세우듯이
씨앗을 뿌리기 전에
벌레 먹은 씨앗을 버려야 하느니라.

건실한 종자를 고르듯이
싹수 있는 주제를 골라야 하느니라.

봄꿈을 꾸는
주제(主題)의 설정(設定)
종자 고르기부터 해야 하느니라.

허준許浚처럼

'동의보감'을 저술한 허준처럼
절대 순종으로 믿음을 다져야 하느니라.

스승 유의태가
탑(塔)을 옮겨 쌓으라고 했을 때
분부대로 옮겼느니라.

그 탑을 다시 본래 있던 자리에 쌓으라고
다시 분부했을 때
그는 말없이 탑을 옮겨 쌓았느니라.

하늘과 땅을 감동케 하는 시를 쓰려면
허준처럼 믿고 따라야 하느니라.

과잉된 의식

노아시대의 대홍수처럼
범람하는 생각을 버려야 하느니라.

댐의 수문을 조절하듯이
절제하고 절제하여
응축의 묘미를 살려야 하느니라.

의식을 절제하지 못하면
뚝이 터지고 물이 범람하여
시가 산만(散漫)하게 되느니라.

시는 응축의 묘미
언어를 아끼고 절제하여
다변(多辯)의 유혹을 멀리하고
인삼 농축액 같은
시어(詩語)만 모아야 하느니라.

두부 만들기

불은 콩을
맷돌 위에 넣으면서 돌리면
갈린 콩물이 솥으로 흘러내린다.

장작불에 콩물이 펄펄 끓으면
포대 자루에 붓고 쥐어짠다.

솥에 담긴 콩물은 콩물끼리
자루에 담긴 비지는 비지끼리
나누어지는 게 제재선택이다.

콩물 가운데 비지를 제거하지 않으면
두부가 될 수 없는 것처럼,

소재(素材) 가운데
제재(題材)로 간택되지 않으면
시어(詩語)로 살아남을 수 없게 된다.

메주와 소금

잘 썩은 메주가 간장이 되듯이
잘 썩은 마음에서 시가 태어난다.

메주는 잘 썩어라 썩어라 하고
소금은 썩지 말아라 썩지 말아라 한다.

마음속에서 치열하게 싸울 때는
소금을 성념(聖念)으로 뿌려야 하느니라.

간장이 펄펄 끓는 솥에서
진하게 달여지고 달여지면
짠맛에서 단맛이 울어 나듯이
고난에서 아름다운 시가 태어나느니라.

사무사思無邪

시인은
만년 야당이어야 하느니라.

무얼 얻어먹겠다고
여당에 빌붙으면, 그 순간부터
할 말도 못하고
시와는 파경(破鏡)을 맞느니라.

재화를 위하여
벼슬을 위하여
잔재주 부리며 나서면
그 순간부터 시와는 멀어지느니라.

누에가 실을 늘이기 전에
똥을 싸듯이
시인은 사특함을 버려야 하느니라.

장르와 관련하여

소설이 42.195km를 달리는
장거리 마라톤이라면

시는 100m를 10초 내외로 끊는
단거리 달리기로 비견되느니라.

수필은 시나 소설처럼
치열하게 뛸 필요가 없느니라.

그저 왕비나 공주가
궁녀들과 함께 정원 뜰을
품위 있게 산책하듯 쓰면 되느니라.

시와 소설이 죽기 살기로 달리는 동안
수필은 벤치에 앉아 쉬어가면서
그저 천천히
품위 있게 산책하듯 쓰면 되느니라.

시와 소설처럼
인생을 치열하게 살겠느냐.
아니면
여기(餘技)로 살겠느냐?

시를 쓰면
마지막 날 염라대왕 앞에서
치열하게 최선을 다했노라고,

성패 여부는 하늘에 맡기고
인간으로서 최선을 다하여
다 이루었다고 말할 수 있으리라.

고래와 연어

흘러가는 물에 떠내려가는
고래가 되지 말고
폭포를 타고 거슬러 오르는
연어가 되기 위해서는
물살에 휩쓸려 떠내려가지 않도록
장치를 세워야 하느니라.

일낙처(日落處)로 해가 지고
어두워진 한밤중
산의 중간에서 등산객은
졸음을 쫓아야 사느니라.

밧줄에 매달린 채
날이 새기를 기다리다가도
졸게 되면 얼어 죽느니라.

밧줄에 매달린 채
졸다가 잠들지 않도록
일정한 간격으로 줄을 당겨서
잠을 깨워야 하느니라.

잠을 깨워주는 동료와의
약속 장치가 필요하느니라.

정박, 로프 걸기

소재에서 제재로 진입하기 위해서는
주제를 위한 로프를 찾아 걸어야 하느니라.

아무리 좋은 배가
좋은 항구에 다가갔어도
배를 정박하지 못하면
내리지도 타지도 못하는 것처럼,

아무리 좋은 착상이 떠올라도
종자(種子)를 찾지 못하면
씨를 뿌리지도 못한 채 잔소리의 나열로
시의 경작(耕作)은 불가능하느니라.

악구惡口

천사와 악마가 함께 살더라.
미녀와 추남이 함께 살더라.

황진이와 이웃집 총각
아씨와 벙어리 삼룡이

집시 여인과 노틀담의 꼽추
종지기 종소리의 울림처럼
존재도 없이 사라져가더라.

개똥벌레 꽁지의 반딧불
빛을 내다가 어둠에 잠기더라.

시작이 있으면 끝도 있는 법
착각의 순간들이 모여들어
초침처럼 착각착각 착각하게 하더라.
무지개는 존재한다지만
언제나 저만치에서 달아나더라.

십악(十惡) 중 하나인 악구(惡口)는
연꽃 아래 뿌리 감은 흙탕물
번뇌의 넥타이로 목을 조이더라.

씨앗說

시장 골목을 걷다가도
문득, 떠오르는 착상은
옛날의 저잣거리를 걷고 있다는
시공간적(視空間的),
또는 시공간적(時空間的) 생각들이
고살으로 모여들고
씨앗상점에서 셔터를 누르면
나의 시집에 영원히 등기된다.

씨앗 사진들을
테이블에 펼쳐놓으면
시상은 구상이 되고 구성이 되어
구체적으로 형상화가 되면
언젠가는 도서관에 등기된다.

사진 속에서 나를 응시하는 씨앗들
콩나물 콩은 조석으로 샤워를 하고
메주콩은 곰팡이가 발효될 때까지
안으로 안으로만 썩혀야 하느니라.

콩나물은 비좁아도 불평하지 않고
무럭무럭 자라면서도
휘몰이에서 중모리 중중모리로

물방울 떨어지는 간격이 벌어지면서
순후한 인정미학으로 살갑게
주제가 살아나 제목도 걸치고
예술이 영원으로 이어지게 되느니라.

공기空氣

시를 사랑하면서도
그게 그렇게 대단한 줄을
예전엔 미처 몰랐었느니라.

폐에서는 꽈리가 열리고
특발성 폐섬유화증이라고
구름 같은 솜털이 떠다니면서
숨도 제대로 쉬지 못하는 노옹(老翁)이
청계산 숲속을 걷고 있었느니라.

처녀 산이라 물도 많고
경치가 좋아 더 나아가고 싶은데
코에 연결된 산소 파이프가 다되어
더 이상 나아가지 못하게 되자
성깔 있는 노옹은 산소 줄을 빼어 던지고
앞으로 앞으로 나아가고 있었느니라.

아아, 공기가 좋구나!
죽을 사람도 살리는구나.
이때 머리를 스치는 생각 한 자락,
유안진 시인의 지론이 떠올랐느니라.

값이 없을수록 좋은 거지요.
공기 햇볕 바람 하느님……
값이 없는 게 없으면 모든 생명은 죽지요.
시는, 시인에게는 하느님 다음,
누가 알아주든 말든 공기처럼
값이 없는 시를 즐기며 쓰지요..

상식 깨뜨리기

콜럼버스가 달걀을 깨뜨려 세웠듯이
시는 상식을 깨뜨려야 하느니라.

콜럼버스가 아메리카를 발견했듯이
시는 새로운 제재를 찾아야 하느니라.

시는
상식을 깨뜨리고
당위를 깨뜨려서
사실 이상의 이상을 꿈꾸는
꿈의 나라 집짓기,

창조 새의 상상으로
소리와 무지개를 붙들고
나누고 합치며 바꾸어서
다이아몬드 반지를 만드느니라.

두부 만들기

생각의 알맹이 콩을 불려서
맷돌에 퍼부으며 돌리면
으깨어지면서 흘러내리는 콩물이
가마솥으로 떨어진다.

진실의 아궁이에
정서의 불을 지피면
은유의 콩물들이 치열하게 끓으면서
고소한 암내를 풍기고
주제의식으로 꿈틀거린다.

시어의 긴축정책을 위하여
콩물을 포대 자루에 붓고
주리를 틀면
눈물 같은 진실이 솥으로 흐르고
관념의 찌꺼기는 제거된다.

불타던 바위가 식어서 숲이 되듯
애욕을 식히면 시가 된다.
식칼로 두부를 자르듯
알맞게 다듬으면 시가 된다.

콩비지를 제거하고 나면
간수를 지를 차례……
냉각시키면서 군더더기 물을 빼면
통일된 시어만 오롯이 남는다.

기다리기

공이 오기를 기다리는 탁구처럼
정서의 샘물이 고이기를 기다린다.

날아오는 공을 따라 포착하듯
떠오르는 착상을 나꿔채야 한다.

공이 날아올 때
공을 따라 눈이 이동하듯이
나침반은 나침반끼리
풍향계는 풍향계끼리
주제를 찾아 긴장한다.

인생은
기다리며 사는 거라고
홈런을 위하여 기다리며 산다.

어쩐지

오수 장날에
성냥이 다섯 갑에 삼십 원이라고
떠 외는 사내가 있었다.

사자에 날개가 달린 그림이
지금도 시야에 선명하지만
사나이는 마음의 그림이 희미하다.

심상(心象)이라는
그 마음의 그림 속에
날개 달린 사자가 왜 살아있을까?

그것은
당연한 상식이 아니면서도
몰상식도 아니고 진실이 배어있는
알다가도 모르겠고, 모르다가도 알 것 같은
숨은 그림 찾기.

어쩐지 아리송한 女우 꼬리
잡힐 듯 잡히지 않는 '어쩐지'의 영상이다.

컬러 필름

아름다운 세상을 돌아보아도
내 가슴속에 아름다움이 없으면
세상천지 아름다움을 알 수 없다.

그러니
꽃이라든지 새라든지
산천초목보다 더 주요한 것은
바라보는 시인의 마음이니라.

카메라의 망원렌즈와 현미경,
그 안방에 들어있는 조강지처
조강지처 같은 필름,
필름 같은 마음이 문제가 되느니라.

필름은 의경(意境)
무색성향미촉법(無色聲香味觸法)…
변화무쌍한 유(有)와 무(無)의 바꿔치기
색즉시공(色卽是空) 공즉시색(空卽是色)
카메라에 컬러 필름이 없으면
아무리 풍경이 좋아도
흑백사진만 찍히듯이
내 마음속에 아름다움이 없으면
좋은 시를 쓸 수 없느니라.

심화深化

척후병처럼
능선에 오르기 전에
숲속을 살펴야 하느니라.

숲속을 살피듯
생각을 굴려야 하느니라.

양파를 까면 깔수록
새로운 알맹이가 나오듯이
생각을 깊이 파들어 가야 하느니라.

광맥을 파들어 가는 광부처럼
수평으로 수직으로 파지 않으면
광석을 볼 수 없듯이
잔소리의 나열에 그치고 마느니라.

산시山詩

시골에서 이른 아침
깔(풀) 한 망태 베어다 부려놓고
아침 일 나가듯이,

도시에서 해가 한 뼘쯤 올라올 때
약수 한 배낭 떠놓고
쉬엄쉬엄 출타한다.

약수는
용마산 깔딱 고개 넘어 약수터
삼다수 물병 세 개에 담아와
식탁에 부려놓으면
뒤주에 쌀 채우듯이 넉넉하다.

넉넉한 것은
가난해도 푸짐한 시
바위틈에서 생수 나오듯이
가슴속에 스몄다가 나오는 시
산 냄새 풍기는 시를 써야 하느니라.

이미지

염소(念少) 시백(詩伯)께서
이제는 신선이 되어 산을 오른다.

갈대를 제치듯이
안개구름을 좌우로 제치면서 산을 오른다.

햇볕에 노곤한 갈대밭을
마파람이 살랑살랑 풍경화를 그린다.

계곡물엔 은어 떼가 놀고
숲속에선 온갖 잡새들이 제 자랑이다.

바람은 살랑살랑
안개구름 산허리를 그려도
골짜기 물소리를 그리지 못하는데
소리도 그릴 수 있다고 말하는
거북이는 탑을 진 채 참선(參禪)에 들었다.

기름 냄새

유복자(遺腹子) 유복녀(遺腹女)라는
동네 아이들은
기름 냄새를 좋아했다.

고샅에서 놀다가도
솔솔 새어 나오는 기름 냄새를
시나브로 따라가다 보면
영락없이 떼과부들이 모여 있었다.

아이들은
아버지들 죽은 줄도 모르고
좋아라 깔깔거릴 때
떼과부들은 아이들 웃음꽃에 울었다.

기름 냄새가 고샅을 진동하다가
달이 기울면 섣달이 서러워
잠든 어린 것 옆에서
시어머니와 며느리는 딱뚝 똑딱
다듬이질하며
소복(素服)의 달이 서러워 울었다.

세월이 가자
기름 냄새는 시(詩)가 되었다.

혜능慧能 닮기

어려서 아버지를 여의고
땔나무를 팔아 어머니를 봉양하다가
제5조 홍인(弘忍)을 찾아가
선(禪)의 깊은 뜻을 사사했었느니라.

글을 익힐 기회가 없었으나
영특하고 지혜로운지라
중국의 선종(禪宗) 제6조에 올랐느니라.

무식(無識)한 사람은
배워서 유식(有識)할 수 있지만
무지(無智)한 사람은 대책이 서지 않느니라.

시를 제대로 쓰려면
육조(六祖),
혜능대사(慧能大師)를 닮아야 하느니라.

예수 닮기

비유에 능하고자 하거든
예수 그리스도를 닮아야 하느니라.

예수는 비유로 말씀하시기를
즐겨 하셨느니라.

"나는 집이 없다"고 말하지 않고
"여우도 굴이 있고
공중의 새도 집이 있으되
인자는 머리 둘 곳이 없도다."라고
말씀하셨느니라.

이처럼 말하고자 하는
원관념(元觀念)을 먼저 말하지 말고
보조관념(補助觀念)부터 말해야 하느니라.

에둘러서 표현하되
"나는 당신과 키스하고 싶습니다."라 말하지 말고,
"나는 감히 당신을 어쩌지 못합니다.
내가 당신 입술 탐하게 되면, 나는 건방지기 때문입니다.
내가 바라기는 당신 입술 스치고 지나는 바람결이
내 입술을 스치고 지나기를 바랄 뿐입니다."라고
표현해야 예수의 비유를 닮는다 하느니라.

저만치

반딧불이의 환상과
개똥벌레의 현실 간격에서
시어(詩語)를 포착해야 하느니라.

소리의 귀뚜라미와
곤충의 귀뚜라미 사이에서
순수와 참여가 동거해야 하느니라.

산에 산에 피는 꽃은
저만치 홀로 피어있다고
김소월 시인이 읊었듯이

둥지에 알을 품는 새가
하늘을 날지 않을 수 없듯이
시는 언제나 저만치에서
관조하고 포착하여 뼈를 깎되
도저히 값을 매길 수 없는
월석(月石)을 찾아야 하느니라.

종자 고르기

농부의 주제는 종자니라.

종자가 성해야 싹이 나듯이
주제가 실해야 글이 되느니라.

농부는
일년지계재어춘(一年之計在於春)
봄날의 설계대로 종자를 고르고
씨앗을 알맞게 뿌리느니라.

독에 물을 붓고
씨앗을 넣고 저으면
실한 종자는 가라앉고
쭉정이는 물에 뜨느니라.

쭉정이를 떠내어 버리듯이
말도 되지 않는 군더더기를 버리고
가라앉은 씨앗을 건져 말려서
부드러운 흙에 뿌리듯이
주제 찾기에 힘써야 하느니라.

후편(後篇)

까치밥

우리 죽어 살아요.
떨어지진 말고 죽은 듯이 살아요.
꽃샘바람에도 떨어지지 않는 꽃잎처럼
어지러운 세상에서 떨어지지 말아요.

우리 곱게 곱게 익기로 해요.
여름날의 모진 비바람을 견디어내고
금싸라기 가을볕에 단맛이 스미는
그런 성숙의 연륜대로 익기로 해요.

우리 죽은 듯이 죽어 살아요.
메주가 썩어서 장맛이 들고
떫은 감도 서리맞은 뒤에 맛들 듯이
우리 고난받은 뒤에 단맛을 익혀요.
정겹과 꽃답게 인생을 익혀요.

목이 시린 하늘 드높이
홍시로 익어 지내다가
새 소식 가지고 오시는 까치에게
쭈구렁바가지로 쪼아 먹히고
이듬해 새봄에 속잎이 필 때
흙 속에 묻혔다가 싹이 나는 섭리
그렇게 물 흐르듯 순애(殉愛)하며 살아요.

▷**열독제시** - 이 시에서 시인은 일부 사람들이 핏대를 세워 목소리
를 높여야 제 몫을 찾을 수 있다고 주장할 때 '다른
목소리'를 내고 있다. 조용하지만 확신에 찬 메시지,
'죽어 살면서' 인생을 익히는 삶의 자세를 권장하는
이 목소리는 톤은 낮지만 울림이 깊다. 확고한 철학
적 사고가 배경이 되어있음을 느낄 수 있어 그냥 지
나칠 수 없는 '목소리'이다. 이 시에서 "죽어 살아요"
라는 말은 얼핏 보면 조용히 고생을 견디며 살아야
한다는 것 같지만 곰곰이 음미해 보면 고난을 딛고
새로운 차원으로 거듭나 살아야 한다는 말이다.
       – 중국 '조선족고급중학교교과서 조선어문' 필수1
                         (연변교육출판사)

샘도랑집 바우

가까이 가지도 않았습니다.
탐욕의 불을 켜고
바라본 일도 없습니다.

전설 속의 나무꾼처럼
옷을 숨기지도 않았습니다.

그저 그저
달님도 부끄러워
구름 속으로 숨는 밤
물소리를 들었을 뿐입니다.

죄가 있다면
그 소리 훔쳐 들은 죄밖에 없습니다.

그런데, 그런데,
그 소리는 꽃잎이 되고 향기가 되었습니다.

껍질 벗는
수밀도의 향기……
밤하늘엔 여인의 비눗물이 흘러갑니다.

아씨가 선녀로 목욕하는 밤이면
샘도랑은 온통 별밭이 되어
가슴은 은하(銀河)로 출렁이었습니다.

손목 한번 잡은 일도 없습니다.
얘기 한번 나눈 적도 없습니다.

다만 아슴푸레한 어둠 저편에서
떨어지는 물소리에
정신을 빼앗겼던 탓이올시다.

시원(始原)의 유두(乳頭) 같은
물방울이 떨어질 때마다
머리카락으로 목덜미로 유방으로 허리로
그리고 또……

곡선의 시야(視野) 굼틀굼틀
어루만져보고 껴안아 보던
그 달콤한 상상의 감주(甘酒),
죄가 있다면 이것이 죄올시다.

전설 속의 나무꾼처럼
옷 하나 감추지도 못한 주제에
죄가 있다면
물소리에 끌려간 죄밖에 없습니다.

▷ **시작노트** — 나의 소년 시절은 순수했다. 그 지고지순한 순수세계를
그려보고 싶었다. 김유정의 소설 「동백꽃」이라든지, 나
도향의 소설 「벙어리 삼룡이」, 위고의 「노트르담 드 파
리」에서 종지기인 꼽추 카지모도 등의 인물들을 그려보
고 싶었다. 내가 살던 마을 한쪽에 샘도랑이 있었다.
여름밤에는 여인들이 목욕하곤 했다. 그 샘도랑은 황
노인 집 우물에서 솟아 흐르는 생수에서 비롯되었다.

그 집에는 시에 나오는 '아씨' 같은 여인은 없었다. 나는 벙어리 삼룡이나 꼽추 카지모도 같은 사람의 처지에서 소설 작품에 나오는 '아씨'나 '에스메랄다'라는 집시의 소녀를 연상하면서 창조적 상상으로 기억의 잔상을 끌어오기도 하고, 변화시켜서 이 시를 썼다.

보리를 밟으면서

보리를 밟으면서
언 뿌리를 생각한다.

아이들이 아비에게 대들 때처럼,
시린 가슴으로
아픔을 밟는 아픔으로
해동을 생각한다.

얼마나 교육을 시켜주었느냐고,
얼마나 유산을 남겨주었느냐고,
시퍼런 눈들이 대드는 것은
나의 무능임을 나는 안다.

뿌리를 위하여
씨알이 썩는 것처럼,
사랑할수록 무능해지는 것을 나는 안다.

내 아이들이 대어들 듯,
어릴적 내가 대어들면
말을 못하시고
눈을 감으시던 아버지처럼,
나 또한 눈을 감은 채
보리를 밟는다.

잠든 어린것 옆에
이불을 덮어주며
눈을 감는 것처럼,
나는 그렇게 눈을 감은 채
온종일 보리를 밟는다.

▷**시작노트** - 보리는 서민적이면서도 우리 겨레를 닮았다고 여겨집
니다. 겨우내 얼어서 죽지 않고 견디다가 오뉴월이
되면 보리누름으로 황금 들판을 장식합니다. 이것을
금파백리(金波百里)라고 합니다. 그러나 보릿고개는
가파릅니다. 6·25 전쟁이 휩쓸고 지나간 자리에는
돈이 없었습니다. 학생들뿐 아니라 선생들도 굶주릴
때입니다. 수업시간에 학생들 절반은 집으로 가야 합
니다. 학비를 가져오라는 겁니다. 아버지에게 말도
못하고 방바닥에 떨어진 눈물을 손가락으로 뭉개면서
무능한 아버지라고 생각했습니다. 그런데 세월이 흘
러 철이 들고 보니 그 무능이 바로 사랑이라는 것을
알게 되었습니다.

시래깃국

고향 생각이 나면
시래깃국 집을 찾는다.

해묵은 뚝배기에
듬성듬성 떠 있는
붉은 고추 푸른 고추
보기만 해도 눈시울이 뜨겁다.

노을같이 얼근한
시래기 국물 훌훌 마시면,
뚝배기에 서린 김은 한이 되어
향수 젖은 눈에 방울방울 맺힌다.

시래깃국을 잘 끓여주시던
할머니는 저승에서도
시래깃국을 끓이고 계실까.

새가 되어 날아간
내 딸아이는
할머니의 시래깃국 맛을 보고 있을까.

고향 생각을 하다가
할머니와 딸아이가 보고 싶으면
시래깃국 집을 찾는다.

내가 마시는 시래기 국물은
실향(失鄕)의 눈물인가.

내 얼근한 눈물이 되어
한 서린 가슴, 빙벽(氷壁)을 타고
뚝배기 언저리에 방울방울 맺힌다.

▷ **시작노트** – 시를 쓸 때는 모티프라는 동기가 필요합니다. 죽은
딸아이를 앞산에 묻은 적이 있습니다. 그런데 그 산
이 사라지고 방배동이라는 마을이 들어섰습니다. 산
봉우리에 묻었는데, 딸아이 시신은 어느 불도저에
찢기고 뭉개졌는지 알 길이 없었습니다. 그 무렵 문
인들을 만나면 시래깃국 집에 들르곤 했습니다. 그
시래깃국 집에서 보게 된 뚝배기 그릇이 시의 동기
가 되었습니다. 뚝배기에 서린 김이 물방울로 맺혀
있는 게 마치 울고 싶은 나의 눈물처럼 느껴졌습니
다. 그래서 고향 생각이 나면 시래깃국 집을 찾는다
했고, 내 얼근한 눈물이 되어 한 서린 가슴 빙벽을
타고 뚝배기 언저리에 방울방울 맺힌다고 썼습니다.

돌

불 속에서 한 천년 달구어지다가
산적이 되어 한 천년 숨어 살다가
칼날 같은 소슬바람에 염주(念珠)를 집어 들고

물속에서 한 천년 원 없이 구르다가
영겁(永劫)의 돌이 되어 돌돌돌 구르다가
매촐한 목소리 가다듬고 일어나

신선봉(神仙峰) 화담(花潭) 선생 바둑알이 되어서
한 천년 운무(雲霧) 속에 잠겨 살다가
잡놈들 들끓는 속계(俗界)에 내려와
좋은 시 한 편만 남기고 죽으리.

....

▷**시작노트** — 한수영 교수는 이 시를 가리켜 여유 있는 시간관을
보여준다고 했습니다. 인간이 상상할 수 있는 가장
큰 단위로 되어온 불교의 겁(劫)을 말하면서, "이 시
간의 유장함이야말로 '속도전'의 시대에 대한 얼마나
유쾌한 반동인가?"라고 썼습니다. 온 세상이 '찰라의
미학'에 눈멀어 찧고 까불 때, "나는 시 한 편을 위
해 일 겁의 시간을 기다리노라"라는 호연한 태도는
부박해져만 가는 이 시대에 흔쾌히 받아들일 만한 시
간 의식이 아닐 수 없다고 평했습니다.

섣달

소복(素服)의 달 아래
다듬이질 소리 한창이다.

고부(姑婦)의 방망이 딱뚝 똑딱
학 울음도 한밤에 천 리를 난다.

참기름 불은 죽창(竹窓) 가에 졸고
오동(梧桐)꽃 그늘엔 봉황(鳳凰)이 난다.

다듬잇돌 명주 올에 선을 그리며
설움을 두들기는 오롯한 그림자

떼 지어 날아가는 철새 울음
은대야 하늘에 산월(産月)이 떴다.

▷**시작노트** - 시문학뿐 아니라 모든 예술은 표현되어있기 마련입니다.
작품에서 느껴지는 대로 감상하고, 은폐되어있는 세계
를 발굴하면서 눈치를 채야 합니다. 이 시는 설명되어
있지 않고 표현되어있기 때문입니다. 고부(姑婦)는 시
어머니와 며느리를 말합니다. 시어머니와 며느리가 다
듬이질을 합니다. 여기에서의 '소복(素服)'은 '흰옷'이
고, '산월(産月)'은 '해산달'을 말합니다. 소복은 '상복
(喪服)'으로도 통합니다. 누군가 죽고 누군가 태어납니
다. 다듬이질 소리도 일정하지 않고, 딱뚝과 똑딱입니
다. 조각보처럼 맞추어보면 시어머니는 자식 잃은 설움
에, 며느리는 남편 잃은 설움에 두드리는 것으로 유추
(類推)할 수 있겠습니다. 6·25 전쟁이 할퀴고 간 마
을에서는 이런 처참한 광경을 흔히 볼 수 있었습니다.

자운영紫雲英

나는 그녀에게 꽃시계를 채워주었고
그녀는 나에게 꽃목걸이를 걸어주었다.

꿀벌들은 환상의 소리 잉잉거리며
우리들의 부끄러움을 축복해 주었다.

그러나,
우리들의 만남은 이별,
보자기로 구름 잡는 꿈길이었다.

세월이 가고
늙음이 왔다.

어느 저승에서라도 만나고 싶어도
동그라미밖에 더 그릴 수가 없다.

이제는 자운영을 볼 수 없는 것처럼
그녀의 풍문조차 들을 수가 없다.

다만 알 수 있는 것은
나의 추억 속에 살아 있는
그녀의 미소,
눈빛과 입술이다.

나는 그녀에게 사랑을 바쳤고
그녀는 나에게 시를 잉태해 주었다.

▷ **시작노트** – 초등학교에 등교할 때는 지각하지 않으려고 부지런히
갑니다. 그러나 귀가할 때는 해찰을 하게 됩니다.
'해찰'이란 '쓸데없는 짓'을 하는 것을 말합니다. 어머
니의 머리 중앙에 탄 가르마처럼 하얗게 뻗어 나간
신작로 양쪽에는 자운영(紫雲英) 꽃밭이 융단처럼 펼
쳐져 있었습니다. 농부들이 녹비용(綠肥用)으로 재배
한 것입니다. 모심을 때 갈아엎어서 비료로도 쓰고,
사료가 되기도 합니다. 우리는 계집아이들과 자운영
꽃밭에서 서로 꽃반지나 꽃시계, 꽃목걸이를 만들어
주기도 하면서 해찰하고 놉니다. 세월이 흘렀고, 추
억도 가물가물합니다. 이 시에서는 "나는 그녀에게
사랑을 바쳤고, 그녀는 나에게 시를 잉태해 주었다"
고 썼지만 사실이 아닙니다. 초등학교 어린 시절에
무슨 사랑입니까. 그러나 시는 있는 사실의 기록이
아니라 상상을 통한 창작행위입니다. 언어, 시어(詩
語)의 집짓기라 하겠습니다.

선禪

중국인 화가는 아침부터
석굴암 대불을 그리고……

일본인 교수는 그의 뒤에서
사진을 찍어대고……

그의 뒤에 산처럼 앉은 나는
담담한 미소로 내려보고……

···

▷**시작노트** - 세계평화교수 아카데미가 창설되기 전해로 기억됩니
다. 일본에서 35명의 교수들이 한국을 방문했습니다.
나는 그 당시 그분들의 여행을 도왔습니다. 설악산으
로, 토함산으로 여행하는 동안에 와다나베 교수와 친
하게 되었습니다. 미술대학 교수인 그는 화가였는데,
토함산 해돋이 광경을 스케치하더니 일본신문에 그림
과 함께 실어서 나에게 보내왔습니다. 그날 중국인 화
가는 없었습니다. 그림을 그린 이도, 사진을 찍은 이
도 모두 일본인 교수들이었습니다. 실제로 그림을 그
린 이는 일본인 교수였는데, 시에는 중국인 화가로 되
어있습니다. 와다나베 교수 개인에게는 안 되었지만,
시작품을 위해서는 그렇게 하는 편이 바람직하다고 여
겨졌던 것입니다. 일본은 섬나라이고, 중국은 대륙이
기 때문입니다. 그리고 결구(結句)는 나의 존재감을
드러내기 위함이었습니다.

아름다운 것

보내놓고 돌아와
틀어박는 쐐기는 아름답다.

쐐기의 미학으로
눈물을 감추면서
피어나는 웃음꽃은 아름답다.

기다림에 주름 잡힌 얼굴로
쏟아져 내리는
햇살의 만남은 아름답다.

태양의 미소와
바람의 애무
눈짓하는 나무는 아름답고
지저귀는 새는 아름답다.

아름다운 것은
눈짓하는 나무와 .
지저귀는 새,
떠난 이의 뒤에서 헛웃음 치는 아픔이다.

보내놓고 돌아와
짜깁는 신경의 잔을 기울이며
하루를 천년같이 기다리는 노을이다.

노을 담긴 그리움이
한으로 괴이어
떠낸 시의 잔에 넘치는 술의 입술이다.

아름다운 것은
산불로 타오르던 나무
뚫린 가슴에
울며 울며 쐐기를 지르는
망각의 술, 기다림의 잔이다.

▷**시작노트** — 아름다움의 본질적 조건은 균형과 조화입니다. 균형
이 깨져도 아름답지 않고, 조화롭지 않아도 아름다울
수가 없습니다. 그렇다고 시에서 '균형과 조화'라는
관념어를 그대로 사용할 수는 없습니다. 따라서 여기
에서는 '관념'이나 '개념'을 배제하고 구체적 형상화를
위해서 표현하기로 했습니다. 아름다운 것이란 결국
상대를 위해서 스스로 억제하며 "산불로 타오르던 나
무, 뚫린 가슴에 울며 울며 쐐기를 지르는 망각의
술, 기다림의 잔이다."라고 귀결하게 됩니다. 독자는
이 화자의 마음을 아름답게 볼 것입니다.

간장

우리 조용히 썩기로 해요
우리 기꺼이 죽기로 해요

토속(土俗)의 항아리 가득히 고여
삭아 내린 뒤에
맛으로 살아나는 삶,
우리 익어서 살기로 해요.

안으로 달여지는 삶,
뿌리 깊은 맛으로
은근한 사랑을 맛들게 해요

정겹게 익어가자면
꽃답게 썩어가자면
속 맛이 울어 날 때까지는
속 삭는 아픔도 크겠지요.

잦아드는 짠맛이
일어나는 단맛으로
울어 날 때까지,
우리 곱게 곱게 썩기로 해요
우리 깊이 깊이 익기로 해요

죽음보다 깊이 잠들었다가
다시 깨어나는
부활의 윤회(輪廻),

사랑 위해 기꺼이 죽는
인생(人生)이게 해요.
사랑 위해 다시 사는
재생(再生)이게 해요.

▷**시작노트** – 간장이 모든 음식에 들어가 맛을 내듯이, 사람들은 이
세상을 맛들게 하기 위해서 잘 썩어야 한다고 생각합
니다. 이 시는 잘 썩어야 하는 메주와 부패를 막는 소
금의 정신으로 조화롭게 융합하여야 한다는 내용으로
형상화한 작품입니다. 여기에서는 메주와 소금의 갈등
구조를 조화시켜 아름다움을 추구하고, 형상화하는데
뜻이 있다 하겠습니다. 간장이 지닌 이미지를 통해서
사상으로까지 심화시키고 있음을 엿볼 수 있겠습니다.
　언젠가 황병기 가야금 명인과 인터뷰를 했는데, 영
국의 음악대학 교수가 황병기 음악세계를 연구했다고
들었습니다. 한국어로 번역되지 않았기에 그 논문의
핵심이 뭐냐고 여쭈었더니 '모순(矛盾)'이라고 대답하
더군요. 모순은 창과 방패를 뜻하지 않습니까. 불과
물은 솥이 중간에서 상호 조화롭게 하듯이, 모순도
갈등을 여과하여 아름답게 하는 게 예술의 본질인 것
같습니다. 그래서 그런지 황병기의 가야금 소리는 방
향(芳香)이 좋은 차(茶)처럼 편안함을 줍니다.

달

가시내야, 가시내야, 시골 가시내야. 루즈의 동그라미로 빌딩을 오르는 가시내야. 날 짝사랑했다는 가시내야. 달뜨는 밤이면 남몰래 고개 하나 넘어와서는 불켜진 죽창문 건너보며 한숨쉬던 가시내야. 날 어쩌라고 요염한 입술로 살아와서는 도시의 석벽을 올라와 보느냐.

가시내야, 가시내야, 시골 가시내야. 저만치 혼자서 창연한 눈빛으로 승천하는 가시내야. 너의 깊은 속 샘물 줄기 돌돌거리는 잠샛별 회포 쌓인 이야기를 일찌감치 들려주지 못하고, 어찌하여 멀리 떠서 눈짓만 하느냐. 어느 이승 골짜기에 우연히 마주칠 때 날라온 찻잔에 넌지시 떨구고 간 사연 갖고 날 어쩌란 말이냐.

가시내야, 가시내야, 시골 가시내야. 저 달을 물동이에 이고 와서는 정화수 남실남실 달빛 가득 뒤안의 장독대 바람소리 축수축수 치성을 드리던 어미 죽은 줄도 모르고, 루즈의 동그라미만 붉게 붉게 불이 붙는 가시내야. 날 어쩌라고 저만치 창연한 눈빛, 볼그레한 연지 볼로 웃기만 하느냐.

▷**시작노트** – 독자는 이 시를 제가 겪은 경험의 소산으로 여길 가능
성이 있겠습니다. 제가 저의 체험의 소산처럼 썼기 때
문입니다. 그러나 이 시는 저의 경험의 소산이 아닙니
다. 이는 김종태라는 친구의 경험담을 제가 시화한 것
입니다. 그런데 친구의 경험담을 그대로 쓴 것은 아닙
니다. 일단 그 친구의 마음속에 들어가고, 그 친구를
사모했던 여성의 처지를 감안하여 생산적 상상으로 재
구성한 것입니다.
　김종태라는 친구가 저에게 들려준 이야기는 단순합니
다. 다방에 들렀다가 고향 마을의 처녀를 만났다고 했
습니다. 그녀는 그 다방의 종업원이었다고 합니다. 과
거에 시골 살 때 그를 사모한 나머지 그의 집까지 찾아
갔지만 들어가지는 못하고 울타리 밖에서 기웃거리다
돌아갔다는 것이었습니다. 친구는 그녀에게 왜 그때 말
하지 않고 이제야 하느냐고 말했다는 말까지 들었습니
다. 그 당시에는 직업과 주소를 숨기고 돈만 부쳐주는
경우가 있었습니다. 여기까지 생각이 미치자 어미가 죽
어도 연락이 되지 않으니 죽은 줄도 모를 게 아닌가 하
고 미루어 짐작하면서 이 시를 쓰게 되었습니다.

하지감자

멍든 빛깔의 하지감자는
엉골댁 욕쟁이 할머니,
쪼그라들면 쪼그라들수록
일본 순사 쏘아보던 눈빛이 산다.

일제에 징용 간 남편은 소식 없고
보쌈에 싸여가서 아기 하나 낳았다가
6·25 전장에 재가 되어 돌아온 후
걸쩍한 욕만 살아서 푸른 독을 뿜는다.

멍든 하지감자는
껍질을 까기가 힘이 든다.

사내놈들 보쌈에 싸여가는 동안
은장도를 가슴에 품은 채 벼르고 벼르던
그 날 선 빛깔에 눈물이 되고 욕설이 되어
독을 품은 씨눈에서 은장도가 번득인다.

▷**시작노트** ─ 이 '하지감자' 역시 김종태라는 친구가 들려준 이야기
를 패러디한 작품입니다. 그의 닭실떡 이야기에 내가
경험한 이야기를 섞어서 재구성한 작품입니다. 저의
의식 속에는 일제(日帝)에 대한 반감도 있고, 6·25
의 원흉에 대한 반감도 있습니다. 보라색 하지감자는
파슬파슬 맛이 있지만, 혀가 싸아하니 아리는 독성이
있습니다. 김종태가 들려준 닭실떡(酉谷) 이야기는
독성이 있는 하지감자와 결부된다는 생각이 들었습니
다. 닭실떡 남편은 일제에 징용 가서 죽고, 친구가
사는 마을로 보쌈에 싸여와서 자식 하나 낳았다가
6·25 때 날리고, 가슴에 품은 은장도 빛깔은 눈물
이 되고 욕설이 되어 독을 품은 씨눈에서 은장도가
번득인다고 했는데, 6·25 이후의 사연은 내가 사
는 마을 욕쟁이 할머니 얘기입니다. 이처럼 시는 기
억의 잔상들을 분해하거나 결합하며 변화시켜서 얻어
지는 생산적 상상으로 이루어지게 됩니다.

선운사 단풍

바람난 선녀(仙女)들의 귓속말이다.
발그레한 입시울 눈웃음이다.

열이 먹다 죽어도 모를
선악과의 사랑궁이다.

환장하게 타오르는 정념의 불꽃
합궁 속 상기된 사랑꽃이다.

요염한 불꽃 요염한 불꽃
꽃 속에서 꿀을 빠는 연인끼리
꽃물 짜 흩뿌리며 열꽃으로 내지르는
설측음이다 파열음이다 절정음이다.

빛깔과 소리가 바꿔 치기 하는
첫날밤 터지는 아픔의 희열이다.

꽃핀 끝에 아기 배었다는
모나리자의 수수께끼다.

▷**시작노트** - 어떠한 사물을 보는 순간, 주제가 떠오르는 경우가 있
고, 사물을 보지 않았어도 마음에서 꿈틀거리는 게 있
어서 시가 되는 경우가 있습니다. 선운사 단풍의 붉은
색깔은 에로틱한 느낌을 줍니다. 선정적이고 색정적입
니다. 그런데 붉은 색깔만 있는 게 아닙니다. 초록 파
랑, 보라색도 있습니다. 그래서 선녀를 끌어들였습니
다. 선정적이면서도 운치의 품격이 미묘한 느낌을 주
어 '어쩐지'라는 모호성으로 사로잡히게 됩니다. 모나
리자의 표정이야말로 '어쩐지'라는 모호성의 적합한 사
례라 하겠습니다.

　공덕룡 교수의 지론이 그 모호한 표정 읽기에 접근
된 말로 보입니다. 그는 모나리자가 처녀의 몸으로
아기를 배었다고 생각합니다. 흐뭇하게 좋기는 한데
불안하기도 하고, 기쁨과 슬픔 등의 희로애락이 싸
잡혀서 종잡을 수 없는 것처럼, 이 「선운사 단풍」을
더 은폐시키고 싶었지만, 불타는 단풍의 정열로 인
해서 노출된 셈이라 하겠습니다.

참말
– 봄이 오면 산에 들에

성경책 끼고 다니며 단군 할아버지 내어 쫓고
찬송가 끼고 다니며 세종대왕 내어 쫓고
요한계시록 12장 18장 20장 들먹이며
전통문화 목 졸라 죽이고 도륙시키는
그런 야소귀신 들린 사대주의 목사(目死)는 말고,

똑 부러지게 바른말 한마디 못하고
혀꼬부라진 소리, 아부에 살찐 혀로
훈민정음 총살하는 사대주의자들
겉모양 번지르르 말 사냥에 놀아나는
말의 싸구려 진수성찬은 말고,

말 한마디 하려면
안하(雁下) 십이연봉(十二連峰) 아슬아슬 겨우 넘어서
말 같지도 않은 말더듬이 말로
번지르르 말 잘하는 말쟁이들 울리는
문둥이 아내 가진 말더듬이 아비의 참말

"네……에미……찾아오면……어쩌라구!!"
불붙은 혀로 생장작을 빠개더라.

▷**시작노트** – 최인훈의 작품이 무대에 오른 연극을 본 적이 있습니
다. 「봄이 오면 산에 들에」였습니다. 말더듬이 아버
지와 딸이 산지기 집에서 사는데, 고을 원님이 딸을
탐내어 재취로 데려가겠다고 합니다. 그녀의 어머니
는 중과 눈이 맞아서 가출했는데, 문둥병이 들어 한
겨울에 찾아왔으나 그녀의 아버지는 집안으로 들이지
않습니다. 말더듬이 사내는 포졸이 오기 전에 딸과
마을 청년이 함께 떠나도록 합니다. 딸이 아버지에게
"아버지는 함께 가지 않느냐"고 묻습니다. 아버지는
"네……에미……찾아오면……어쩌라구!!"　라고　겨우
말합니다. 그 말에 딸은 아버지가 어머니를 미워하는
게 아니라는 것을 알게 됩니다. 독자나 청중에게 감
동을 주는 것은 진실입니다.

사막을 거쳐 왔더니

사막을 거쳐왔더니
쓰레기 같은 잡념이 타버렸어요.

사막을 거쳐왔더니
갈증 심한 욕심이 타버렸어요,

사막을 거쳐왔더니
번뇌(煩惱)의 박테리아
번식하던 미움이 타버렸어요.

사막을 거쳐왔더니
타버린 생각의 잿더미에서
살아나는 그리움……

사막을 거쳐왔더니
그리움이 모래처럼
산이 되었어요.

▷**시작노트** - 용서한다는 게 쉬운 일이 아닙니다. 종교를 가지는 것도, 신을 숭상하는 것도, 멀고 험하고 넓은 곳을 여행하는 것도 마음을 넓히기 위함입니다. 드넓은 사막도 여행하게 되면 마음이 넓어져서 용서하게 됩니다. 용서하게 되면 우선 자기 마음부터 편해집니다. 그리고 범사에 감사하게 됩니다. 하나님 부처님 해님 달님 별님 물 공기 나무 수풀 풀잎 성황당 이웃 사람들 할 것 없이 존재하는 모든 사물에 감사하게 될 때 시가 나옵니다. 시가 쓰이어집니다. 반대로 누군가를 미워하게 될 때는 시가 나오지 않습니다. 미움이란 시와는 거리가 멀기 때문입니다. 이 시는 노래가 되어 나왔습니다. 이종록 작곡, 송기창 노래입니다.

선풍禪風

노을이 물드는 산사에서
스님과 나는 법담(法談)을 한다.

꽃잎을 걸러 마신 승방에서
법주(法酒)는 나를 꽃피운다.

스님의 모시옷은 구름으로 떠 있고
나의 넥타이는 번뇌로 꼬여 있다.

"자녀(子女)는 몇이나 두셨습니까?"
"사리(舍利)는 몇이나 두셨습니까?"

"더운데 넥타이를 풀으시죠."
"더워도 풀어서는 안 됩니다."

목을 감아 맨 십자가
책임을 풀어 던질 수는 없다.

내 가정과 국가와 세계
앓고 있는 꽃들을 버릴 수는 없다.

▷**시작노트** - 월탄 스님을 만난 적이 있습니다. 여름날 스님은 모시
옷을 입고 구름처럼 앉아있었습니다. 무더운 날씨라서
그랬는지 스님은 나더러 더운데 넥타이를 풀고 편하게
앉으라고 하더군요. 세월이 흐른 후 시가 생겼습니다.
"목을 감아 맨 십자가 책임을 풀어 던질 수는 없다."
로 끝내면 운치가 조금은 살 텐데, 속내를 드러내고
말았습니다. 왜 굳이 "내 가정과 국가와 세계, 앓고
있는 꽃들을 버릴 수는 없다."고 했을까요. 속세의
고난을 벗어나기보다는 견뎌내려는 고집이라 하겠습니
다. 세속과 탈속의 경계에서 회피하기보다는 정면으로
받아들이는 순애(殉愛)의 자세를 끝까지 견지하고자
하는 바람의 표현이라 하겠습니다.

작품 해설

– 이경철

반세기 시 쓰기와 시론을
시로 정제한 시 창작 교과서

▌이경철
(문학평론가 · 전 중앙일보 문화부장)

> 서울에 비가 오면
> 비 오는 세상인 줄 알지만,
>
> 활주로에서 이륙하게 되면
> 햇빛이 쨍쨍, 발아래 맑은 하늘 밑
> 흰 구름바다가 펼쳐진다.
>
> 산문으로는 비가 오는데,
> 시로는 햇살이 쨍쨍하다.
>
> 맹렬한 힘을 축적한 끝에
> 비행기가 떠야 하듯이
> 시어는 긴축정책으로
> 치열한 구조조정으로
> 하늘 높이 떠가야 하느니라.
>
> (「시론(詩論) 5 - 뜨는 연습」 전문)

절제하고 또 절제하는 긴축과 응축의 미학 장르가 시

황송문 시인이 시론시집 『시로 쓴 시론 거미의 집짓기』
를 펴냈다. 시란 무엇이고 어떻게 하면 좋은 시를 쓸 수
있는가를 시로 써서 밝혀놓은 '시론시집' 속 각각의 시편들

은 시로서의 완성도도 높다. 때문에 독자들도 시를 따라 읽다 보면 '좋은 시는 이렇게 써지고 써야 하겠구나'하고 자연스레 감동적으로 깨달을 수 있다.

빼어난 시인들도 '시론시(詩論詩)'로 볼 수 있는 적잖은 시편들을 남기고 있다. 또 시학도들을 위해 직접 '시창작론'을 쓰고도 있다. 그러나 이『시로 쓴 시론 거미의 집짓기』처럼 시론이나 시창작론을 한 권의 시집으로 남긴 경우는 없다.

마음 편한 식물성 바가지 같은 시
단기(檀紀)를 쓰던 달밤 교교한 음력의 시
사랑방 천장에선 메주가 뜨던
그 퀘퀘한 토속의 시를 쓰고 싶다.

인정이 많은 이웃의 모닥불 같은 시
해질녘 초가지붕의 박꽃 같은 시
마당의 멍석 가에 모깃불 지피던
그 포르스름한 실연기 같은 시를 쓰고 싶다.

겨울엔 춥고 여름엔 머리 벗겨지는
빨강 페인트의 슬레이트 지붕은 말고,
나일론 끝에 목을 맨 플라스틱 바가지는 말고,
뚝배기의 숭늉 내음 안개로 피는
정겨운 시, 푸짐한 시, 편안한 시,
더운 김이 모락모락 피어오르는
고구마 한 소쿠리씩의 시를 쓰고 싶다.

고추잠자리 노을 속으로 빨려드는 시,
저녁연기 얇게 깔리는 꿈속의 시,
어스름 토담 고샅길 돌아갈 때의

멸치 넣고 끓임직한 은근한 시,
그 시래깃국 냄새나는 시를 쓰고 싶다.

(「시론 3 - 토속의 시」 전문)

황송문 시인이 누군가. 위의 시처럼 모국어의 어감과 운율을 십분 살리며 한국적 정한(情恨)을 실어오고 있는 시인이다. 우리 본디 말본새로 민족 고유의 사상과 역사, 혼의 뼈대가 있는 시를 쓰면서도 또 오늘의 현실적 서정 세계를 개척해오고 있는 시인이다.

1960년대 후반부터 동인 활동을 하며 시 창작에 들어서 1971년 신석정 시인 추천으로 문단에 나왔으니 시업(詩業) 반세기를 훌쩍 넘어섰다. 그동안 신작 시집만 16권을 비롯해 소설, 수필, 시론, 비평서 등 총 1백여 권의 방대한 책을 펴내며 시와 삶이 일치하는 올곧은 시인이란 평을 받는 시인이 황 시인이다.

대학교수로 오랫동안 강단에서 시론과 창작론을 가르쳐오고 있다. 거기다 평론 활동과 문예지를 주관하며 시단 현장에 몸담아온 시인이 펴낸 시론시집이기에 독자 여러분의 시 창작에 현실적, 실전적으로 많은 도움을 줄 것이다.

이 글 제목 바로 아래 '제사(題詞)' 격으로 올린 「시론 5 -뜨는 연습」에서 볼 수 있듯 시는 다른 문학 장르에 비해 '긴축정책'과 '구조조정'으로 언어의 경제를 극도로 추구하는 장르다. 그런 압축과 응축에 의해 양력(揚力)을 극대화해 비행기가 이륙하듯 더 높은 세계의 현실로 붕 떠오르는 장르가 시다.

밤이나 낮이나 전등불 아래서
무정란을 생산하는 닭 같은
그런 시인이 되지는 말거라.

차라리 시골에서
거름 자리 후벼 벌레도 잡아먹고
풀도 뜯어 먹고 꽃도 따먹고
튼실한 병아리로 깨이는
알을 낳는 조선 토종닭 같은
그런 시인이 되어야 하느니라.

병아리가 자라서
새신랑 신행길 잔칫상에 오르는
그런 맛좋고 영양가 높은
명시를 생산해야 하느니라.

(「시론 26 - 토종닭」 전문)

요즘 쓰이는 젊은 시편들은 너무 길다. 시가 한 페이지를 훌쩍 넘기기는 보통이고 두세 페이지까지 가는 시편들이 있다. 자질구레한 일상이나 관념들이 절제되지 않고 계속 이어져 이게 과연 시인지 산문인지 모를 정도로 시의 산문화가 이제 타성화 돼가고 있다. 시인이 대체 무얼 쓰고 있는지도 모를 지경이니 독자들도 소통이 안 돼 금방 덮어버리게 된다.

이처럼 독자들과 멀어져 자꾸만 마스터베이션에 함몰돼 가는 요즘 시단에서 황 시인은 위의 시에서 그런 무정란 같은 시를 낳지 말고 유정란을 낳으라 한다. 전등 아래 책상에서 머리를 쥐어짜며 시를 생산하지 말고 자연과 어우러지며 건강한 시를 낳으라는 것이다.

노아 시대의 대홍수처럼
범람하는 생각을 버려야 하느니라.

댐의 수문을 조절하듯이
절제하고 절제하여
응축(凝縮)의 시를 써야 하느니라.

의식을 절제하지 못하면
둑이 터지고 물이 범람하여
시가 산만(散漫)하게 되느니라.

시는
응축의 묘미
절제하고 절제하여
다변(多辯)의 유혹을 멀리하고
인삼 농축액 같은
진액 같은 시어(詩語)만 모아야 하느니라.

「시론 36 – 과잉된 의식」 전문)

좋은 시를 위해서는 범람하는 생각을 버려야 한다. 주제
에 초점을 맞춰가는 심상들만 골라야 한다. 구성도, 시어
도 응축해야 한다. 시는 다변을 늘어놓는 장르가 아니다.
모든 문학 장르에 언어의 경제는 필요하지만 특히 시에서
는 위의 시에 '절제하고 절제하여' 반복에서 드러나듯, 맨
위에 올려놓은 시에도 드러나듯 '긴축정책'과 '구조조정'이
절실하다. 이처럼 황 시인은 이번 시론시집을 통해 시 창
작 경험과 세상살이의 경륜으로서 어떻게 하면 건강하고
맛있게 독자와 소통할 수 있는 명시를 쓸수 있나를 짧은
시편들을 통해 전해주고 있다.

자세부터 착상, 구성 등 시 쓰기 전 과정을 살뜰히 정리한 시편들

시를 쓰려거든
시를 사랑해야 하느니라.
좋은 시를 쓰려거든
죽도록 사랑해야 하느니라.

자나 깨나, 앉으나 서나
시를 사랑하지 않으면서
시와 함께 살겠다는 것은
새빨간 거짓말이다.

그것은
시와의 결혼이 아니라
터무니없는 욕심이니라.

시가 그리워서
시가 보고 싶어서
시가 읽고 싶어서
잠 못 이루는 밤이 많아야 하고,
시가 배고파서
언제나 시를 먹고 마셔야 하느니라.

하루 이틀 사흘……
시를 만나지 않고도
멀쩡한 사람은
시를 허영으로 넘보는 거간꾼,
고등 사기꾼이라 하느니라.

(「시론 20 - 시의 사랑」 전문)

시는 아무에게나 찾아오지 않는다. 시를 사랑해야만 비로소 다가온다. 앉으나 서나 자나 깨나 시상에 잠겨 있어야 찾아온다. 대상을 바라볼 때나 뒷간에 가 앉아있을 때나 시에 대해 생각해야 시가 제 모습을 조금씩 보이기 시작한다.

그래 위 시에서 시인은 시를 쓰기 위해서는 시와 결혼해야 한다고 한다. 그렇지 않고 시를 쓰려 하면 그건 허영이요 사기꾼이라고. 시를 쓰려면 먼저 시를 지극정성으로 대하고 받들며 항상 동반자로서 살아가는 시인의 자세부터 갖추란 것이다.

> 시를 쓰기 전에
> 인생을 정서하라.
>
> 가슴에 괸 술을
> 곱게 떠내어라.
> 성급하게
> 쥐어짜는 악주(惡酒)일랑
> 아예 꿈도 꾸지 말라.
>
> 시는
> 썩는 의식의 항아리에
> 용수를 질러놓고
> 기다리는 사상.
>
> 인생이 익을 때까지
> 기다리며 참는
> 꽃술의 아픔이다.
>
> 떫은 언어가
> 익느라고
> 썩는 동안엔

남모르는 눈물도 흘려야 하느니라.

속을 썩여서
단맛으로 우려내는
내밀(內密)의 결정(結晶).

꽃답게 익은 술,
정겹게 괸 술을
곱게 떠내어라.

좋은 시 쓰는 법을 좋은 술을 빚는 것에 비유한 「시론1
- 용수에서 떠낸 술」전문이다. 좋은 술을 얻기 위해 술
이 발효되는 항아리 가운데 박아놓은 게 용수. 누룩이나
곡물 찌꺼기가 섞이지 않고 그것이 잘 발효된 맑은 술만
받아낼 수 있다. 시도 그렇게 가슴 속 인생을 정서해 발효
시켜 맑고 곱게 우려내라는 것이다.

혼란한 가슴 속 가라앉히고 시로 잘 발효될 때까지 기다
려야 한다. 아무 생각 없이가 아니라 앉으나 서나 시상과
시어를 생각하며 시가 잘 익을 때까지. '내밀의 결정'이 맺
힐 때까지 쉼 없이 인생과 심상과 시어를 가다듬어야 한
다는 것을 잘 전해주고 있는 시다.

구상단계에서
한동안 관망하던 거미가
수직으로 내려오고 있다.

구성단계에서
다시 기어오르다가
바람을 타고 내려오면서
사선(斜線)을 긋고 다시 오른다.

수직과 수평,
사선과 사선에서 원형을 이루며
소리 없이 언어의 집을 짓는다.

생각을 꼼지락거리면서
원형 회전운동을 한다.

원형의 생각과/ 생각의 원형을······

「시론 14 - 거미의 집짓기」 전문)

　지금까지의 체험과 경험, 인생을 정서해가며 시가 구상
단계에 이르면 이제 실제로 원고지 앞에서 시를 쓰는, 구
성단계에 이르게 된다. 구성은 시의 설계도라 할 수 있다.
머릿속 설계가 아니라 실제 자유시로 할지 산문시로 할지,
몇 연, 몇 행으로 잡을지 등이 원고지 앞에 메모되어야 시
가 잘 풀려나올 수 있다.

　시는 논리적, 직선적으로 진행되는 산문과 달리 정서적,
원형적으로 구성돼야 한다. 그래, 오르락내리락, 이쪽 사
선 저쪽 사선 등의 반복, 원형적으로 구성되며 체험과 사
상을 심화시켜가며 운율을 얻게 되는 것이다. 이런 시 쓰
기 방법론을 위의 시는 거미의 둥근 집짓기를 통해 구체
적으로 전하고 있다.

엿장수 가위 소리 고샅을 울리면
코흘리개 조무래기들 부리나케 몰려갔다.

들키면 매타작에 삼수갑산을 갈망정
넘어가는 군침을 참을 길이 없다.

그러나 엿장수는

공기 넣고 부푼 엿을 코딱지만큼 떼어주면서
고무신짝 떨어진 것, 삼베걸레 떨어진 것,
놋쇠 그릇, 주전자, 세숫대야 등을 가져오라고
입이 비틀어지게 먹고 남을 만큼 주겠다 하면서도

엿은
입이 감질나게 코딱지만큼 떼어준다는 사실,
그게 시의 모호성을 살려낸다.

먹을 만큼 주면 낚싯밥만 잃는다고
그저 감질나게 못 견디게
눈곱만큼 떼어준 엿이
값나가는 놋그릇까지 들고 오게 한다는 점이다.

　　　　　　　　　　　(「시론 9 - 감질나게」 전문)

　나 어릴 때도 엿장수는 그랬다. 집에 못 쓸 쇠붙이 가져다주면 엿은 눈곱만치만 줬다. 그래 아직 쓸 만한 놋쇠 그릇이나 주전자 등을 어른들 몰래 내다주면 겨우 맛 좀 볼 만큼만 줬다. 그런 옛 경험에서 시도 감질나게, 모호하게 쓰라는 것이다. 미주알고주알 양껏 다 내비치지 말고 그 감질나는 맛으로 독자들을 사로잡으라는 것이다.

바다 속에서 전복 따 파는 제주 해녀도
제일 좋은 건 님 오시는 날 따다주려고
물속 바위에 붙은 그대로 남겨둔단다.
시의 전복도 제일 좋은 건 거기 두어라.
다 캐어내고 허전하여서 헤매이리요?
바다에 두고 바다 바래여 시인인 것을…….

서정주 시인이 제목을 직접 「시론」으로 잡고 쓴 시 전문
이다. 많은 시인들이 음미하면서 자신의 시를 쓸 때 참고
하고 또 시학도를 가르칠 때 주저리주저리 장황하게 속을
다 드러내지 말고 숨길 건 숨기라며 지금도 가르치고 있는
시다. 황 시인의 이번 시론시집도 시 쓰기의 모든 단계에
서 두고두고 참고하게끔 좋은 시 창작의 비법을 시로 살뜰
하게 전하고 있다.

사특함이 없어야 하고 비울수록 좋은 시가 되나니

시인은
만년 야당이어야 하느니라.

무얼 얻어먹겠다고
여당에 빌붙으면,
그 순간부터
할 말도 하지 못하고
시와는 파경(破鏡)을 맞느니라.

재화를 위하여
벼슬을 위하여
잔재주 부리며 나서면
그 순간부터 시와는 멀어지느니라.

누에가 실을 늘이기 전에
똥을 싸듯이
시인은 사특함을 버려야 하느니라.

(「시론 45 – 사무사(思無邪)」 전문)

항간에 널리 퍼진 시 3백여 편을 엮어 동양 최고의 시
집 『시경(詩經)』을 펴낸 공자는 "시를 한마디로 말하면 사

무사"라고 했는데 그것을 제목으로 삼은 시다. 사특한 마음에서 부러 짓거나 꾸미지 않고 인간의 보편적 성정(性情)에서 자연스레 실감(實感)으로 우러나야 좋은 시라는 게 동양 정통 시론이요 창작론이다.

그런데도 요즘 쓰이는 시들은 사특한 시들이 많다. 튀어나 보이기 위해, 혹은 돈과 명예를 위해, 심지어는 벼슬을 위해 시가 이용되고 있지는 않은가 하는 시편들이 난무하고 있다. 그런 시들에 일침을 가하면서 시는 사특함 없이 시인 자신의 성정에 솔직해야 함을 다시금 환기하고 있다.

> 처음에는
> 배낭 가득히 돌을 주워왔다.
>
> 그러나
> 그 돌이 쓸모없음을 알게 되었다.
>
> 날이 갈수록
> 배낭의 무게가 가벼워졌다.
>
> 그러다가 배낭이 바랑이 된 뒤부터는
> 빈 바랑만 돌아오는 세월이 늘었다.
> 빈 배에 바람만 채워서 돌아오듯
> 빈 바랑에 채워온 바람은
> 그물에 걸리지 않는 바람,
>
> 하늘을 가리다가도
> 한 주먹에 들어온 종이에
> 하늘을 담아 넣고 새긴 시
> 바랑이 빌수록 채워지는 시
> 달에서 가져온 월석(月石) 하나……

청천일장지(靑天一張紙)
사아복중시(寫我腹中詩)……

「시론 4 - 빈 바랑」 전문)

처음 시를 쓸 때는 시가 길어진다. 그러다 점점 짧아진다. 시를 써본 사람은 누구든 겪는 과정이다. 아니 수십 년, 반백 년 넘게 시를 써온 중진 원로 시인들도 시를 쓸 때마다 겪고 있는 현재진행형의 난관일 것이다. 처음에는 원고지 넘치게 담았다 차츰 덜어내는 게 시쓰기의 정석이다.

그런 정석을 배낭과 바랑에 빗대 쉽게 말하고 있는 시다. 비워야 여백이 생기고 그 여백에서 시의 모호성 내지 비의가 빛을 발하게 되는 것이다. 엷은 종이 한 장이 드넓은 푸른 하늘을 대신하게 하고 말로 다 전할 수 없는 가슴 속에 일렁이는 미묘한 것들을 사실적이며 감동적으로 전하는 게 시 아니던가.

그러니 비워라. 언어의 그물에 걸리지 않는 세상의 본질과 가슴 속 감동의 뉘앙스를 그대로 전달하기 위해 썼다가 지우고 또 지워나가는 장르가 시 아니던가.

주지 스님은
절 살림하는 상머슴이므로
시를 쓸 겨를이 없느니라.

학승(學僧)은
만추(晚秋)에 가랑잎 쌓이듯이
경서(經書)를 많이 읽어야 하느니라.

선승(禪僧)은
동안거(冬安居) 선사(禪寺)에 눈이 쌓이듯

책을 버리고 면벽 좌선한 채
천 리 밖을 내다보느니라.

좋은 시를 쓰려면
선승이 눈을 감은 채 하늘 저쪽
무한(無限)을 보듯이
책을 덮고 하늘로 날아야 하느니라.

창밖의 하늘
멧새처럼 해를 따먹고
하늘에 시어(詩語)의 집을 지어야 하느니라.

「시론 52 - 선승(禪僧)처럼」 전문)

"실재(實在, Existence)는 언어의 능력 밖에 있다." 서양의 문예 이론가 필립 휠라이트가 언어의 속성을 밝히며 한 말이다. 동양에서는 일찍이 노자가 "말로 전할 수 있는 도는 불변의 도가 아니다道可道非常道"고 설파한 말이다. 그리고 끝없이 언어와 시 문법을 실험하며 우리 시를 현대화시킨 김춘수 시인은 불교의 선(禪)을 빌어다가 언어와 시에 대해 이렇게 말했다.

"불립문자, 교외별전, 직지인심, 견성성불 不立文字, 敎外別傳, 直指人心, 見性成佛 - 어느 하나를 떼어놓고 바라보아도 언어가 발 디딜 틈은 없다. (중략) 우리는 결국 신(神)을 말 속에서 가지지 못한다는 것이 된다. 그것은 결국 하나의 사물도 말 속에서는 가지지 못한다는 것이 된다. 그런 안타까운 표정이 곧 말일는지도 모른다. 시는 그런 표정의 정수(精粹)일는지도 모른다. 누가 시를 산문을 쓰듯, 자연과학의 논문을 쓰듯 쓰고 있는가? 시는 이리하여 영원한 설레임이요, 섬세한 애매함이 된다."고. 직접

시를 지은 체험과 동서양 문예이론을 섭렵하여 내린 김춘수 시인 나름의 결론이다.

그렇다, 고래로 전해온 '시선일여(詩禪一如)'다. 시와 선은 태생이 한가지다. 언어의 불구성(不具性)을 극복하고, 언어에 의해 가려지고 차단된 실재며 도(道)에 도달하려 함에서 둘은 한통속이다. 나와 너의 참모습을 통찰해내려는 시선과 마음에서는 같다.

그러나 불립문자(不立文字)인지라, 해탈을 지향하는 선은 묵언정진(默言精進)이요 이심전심(以心傳心)이지만 이 사바 세계의 시는 바로 그 언어로 지은 절집이라서 어떻게든 말로 전하고 돌려주어야 하기에 안타까운 표정일 수밖에 없다. 끝끝내 불구의 방편일망정 그 언어를 최소한으로 줄여가며 너와 나의 진심을 대중과 소통하고픈 게 시다. 그런 시와 시인의 숙명과 좋은 시의 본질을 승려의 맡은 바 소임에 따라 쉽게 전하고 있는 시가 「시론 42 - 선승처럼」이다.

우리 죽어 살아요.
떨어지진 말고 죽은 듯이 살아요.
꽃샘바람에도 떨어지지 않는 꽃잎처럼
어지러운 세상에서 떨어지지 말아요.

우리 곱게 곱게 익기로 해요.
여름날의 모진 비바람을 견디어내고
금싸라기 가을볕에 단맛이 스미는
그런 성숙의 연륜대로 익기로 해요.

우리 죽은 듯이 죽어 살아요.
메주가 썩어서 장맛이 들고
떫은 감도 서리 맞은 뒤에 맛들 듯이

우리 고난받은 뒤에 단맛을 익혀요.
정겹고 꽃답게 인생을 익혀요.

목이 시린 하늘 드높이
홍시로 익어 지내다가
새 소식 가지고 오시는 까치에게
쭈구렁바가지로 쪼아 먹히고
이듬해 새봄에 속잎이 필 때
흙 속에 묻혔다가 싹이 나는 섭리
그렇게 물 흐르듯 순애(殉愛)하며 살아요.

황 시인의 대표작 중 한 편인 「까치밥」 전문이다. 우리 독자들에게도 널리 읽히고 있음은 물론 중국 『조선족고급중학교교과서 조선어문』에도 실려 한국어의 아름다움과 혼과 정서를 널리 알리고 있는 시다.

"'죽어 살면서' 인생을 익히는 삶의 자세를 권장하는 이 목소리는 톤은 낮지만 울림이 깊다. 확고한 철학적 사고가 배경이 되어있음을 느낄 수 있어 그냥 지나칠 수 없는 '목소리'이다. 이 시에서 '죽어 살아요.'라는 말은 얼핏 보면 조용히 고생을 견디며 살아야 한다는 것 같지만 곰곰이 음미해 보면 고난을 딛고 새로운 차원으로 거듭나 살아야 한다는 말이다."고 조선족에게 열독을 권하는 시다.

이처럼 이번 『시로 쓴 시론 거미의 집짓기』에는 시의 본질과 창작법을 정제된 시로써 밝힌 시론시 64편과 함께 시인의 대표시 16편을 '시작 노트'와 함께 싣고 있다. 시업 50여 년에 팔순의 경륜에서 진솔하게 우러난 시론시와 시작 노트의 농축액이어서 독자 여러분의 시 창작에 실제적인 지침과 도움을 주기에 충분할 것이다.

황송문(黃松文)

– 전북 임실 오수 출생.

　시인, 소설가, 문학박사.
　선문대 교수, 인문대학장 역임.
　現 선문대 명예교수.
　한국문인협회 이사.
　국제 펜 한국본부 이사.
　한국 현대시인협회 부이사장.
　『문학사계』 발행인 역임.
　現 편집인 겸 주간.
　한국현대시인상 등 5개 문학상 수상.

主要 著書

　『황송문 문학전집』(20권)
　『황송문 시전집』
　『師道와 詩道』
　『현대시창작법』
　『소설창작법』
　『수필창작법』
　『문장론』
　『신석정 시의 색채이미지 연구』
　『문예창작강의』
　『시를 읊는 의자』
　『축생도(逐生道)』
　『중국조선족시문학의 변화양상연구』 등 104권.

시詩로 쓴 시론詩論
거미의 집짓기

초판 1쇄 인쇄일 ▌ 단기 4354년(서기 2021년) 5월 16일
초판 1쇄 발행일 ▌ 단기 4354년(서기 2021년) 5월 21일

지은이 ▌ 황송문
펴낸이 ▌ 황혜정
인쇄처 ▌ 삼광인쇄
펴낸곳 ▌ 문학사계
　　　　등록일 2005년 9월 20일
　　　　제318-2007-000001호
　　　　서울시 중구 세종대로 135-7 세진빌딩 303호
　　　　Tel 02-6236-7052, 010-2561-5773

배포처 ▌ 북센(031-955-6706)
ISBN 　▌ 978-89-93768-65-7 (03810)

가격 12,000원